幼兒全語文 階梯故事 系列

貪吃的小豬

袁妙霞 著
野人 繪

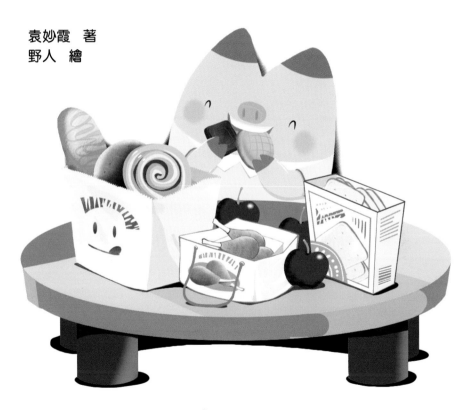

園丁文化

小豬很喜歡吃東西，
吃得身體胖胖的。

爸爸買了一籃蘋果回來，
小豬馬上拿一個來吃。

媽媽買了一袋雞腿回來，
小豬馬上拿一隻來吃。

哥哥買了一盒餅乾回來，
小豬馬上拿一塊來吃。

祖父生病了，帶了一包藥丸回來。

小豬馬上拿一顆來吃。

祖父、爸爸、媽媽、哥哥一起大叫：
「藥不能亂吃呀！」

導讀活動

進行方法：
① 讀故事前，請伴讀者把故事先看一遍。
② 引導孩子觀察圖畫，透過提問和孩子本身的生活經驗，幫助孩子猜測故事的發展和結局。
③ 利用重複句式的特點，引導孩子閱讀故事及猜測情節。如有需要，伴讀者可以給予協助。
④ 最後，請孩子把故事從頭到尾讀一遍。

封面
1. 圖中的小豬在做什麼？你猜他是一隻怎樣的小豬？
2. 請把書名讀一遍。

P2
1. 小豬在做什麼？從圖中看來，你猜他喜歡吃東西嗎？
2. 你覺得小豬胖嗎？你猜他為什麼這麼胖呢？

P3
1. 爸爸買了什麼回來？
2. 小豬一見到爸爸的蘋果，他怎樣做？

P4
1. 媽媽買了什麼回來？
2. 小豬一見到媽媽的雞腿，他怎樣做？

P5
1. 哥哥買了什麼回來？
2. 小豬一見到哥哥的餅乾，他怎樣做？

P6
1. 祖父帶了什麼回來？
2. 你猜祖父為什麼需要這些東西？

P7
1. 小豬一看見祖父的藥丸，他怎樣做？
2. 家人看見了，你猜他們會怎樣做呢？

P8
1. 你猜對了嗎？
2. 為什麼他們都大聲阻止小豬呢？

說多一點點

 養成好習慣 **做個有責任感的孩子**

把房間收拾整齊。

在玩耍之前把功課做完。

好好照顧寵物。

分擔家務。

字卡

❶ 把字卡全部排列出來，伴讀者讀出字詞，請孩子選出相應的字卡。

❷ 請孩子自行選出多張字卡，讀出字詞並口頭造句。

請沿虛線剪出字卡。

貪吃	喜歡	一袋
雞腿	一隻	一盒
餅乾	一塊	一包
藥丸	一顆	亂吃

幼兒全語文階梯故事系列
第5級（挑戰篇）

《貪吃的小豬》

©園丁文化

幼兒全語文階梯故事系列
第5級（挑戰篇）

《貪吃的小豬》

©園丁文化

幼兒全語文階梯故事系列
第5級（挑戰篇）

《貪吃的小豬》

©園丁文化

幼兒全語文階梯故事系列
第5級（挑戰篇）

《貪吃的小豬》

©園丁文化

幼兒全語文階梯故事系列
第5級（挑戰篇）

《貪吃的小豬》

©園丁文化

幼兒全語文階梯故事系列
第5級（挑戰篇）

《貪吃的小豬》

©園丁文化

幼兒全語文階梯故事系列
第5級（挑戰篇）

《貪吃的小豬》

©園丁文化

幼兒全語文階梯故事系列
第5級（挑戰篇）

《貪吃的小豬》

©園丁文化

幼兒全語文階梯故事系列
第5級（挑戰篇）

《貪吃的小豬》

©園丁文化

幼兒全語文階梯故事系列
第5級（挑戰篇）

《貪吃的小豬》

©園丁文化

幼兒全語文階梯故事系列
第5級（挑戰篇）

《貪吃的小豬》

©園丁文化

幼兒全語文階梯故事系列
第5級（挑戰篇）

《貪吃的小豬》

©園丁文化